Yc

2410

AU ROY

PHILIPPE V.

ALLANT EN ESPAGNE.

ODE.

Pour M'. Rollin

A PARIS,

Chez JEAN BAPTISTE COIGNARD, Imprimeur
& Libraire ordinaire du Roy, & de l'Académie Françoise,
ruë S. Jacques, à la Bible d'or.

M. DCC I.

AVEC PRIVILEGE DE SA MAJESTE'.

REGI CATHOLICO

PHILIPPO QUINTO

IN HISPANIAS PROFICISCENTI·

O D E.

NUNC, Fama, centum nunc opus est tubis
Sonare : centum te decet oribus
    Heroa sceptris natum Iberis
    Sollicito memorare Mundo.

Hispana, vobis oppida, plaudite :
Fœcunda Regum Gallia vos beat
    Nepote MAGNI ; surculumque
    Borbonium studiosa vobis

AU ROY
PHILIPPE V.
ALLANT EN ESPAGNE

ODE.

BELLE *Nymphe aux cent voix que la gloire accompagne,*
Prens en main la trompette, & va sans plus tarder
Annoncer le Heros, qu'au bonheur de l'Espagne
    Le Ciel vient d'accorder.

Joüis, Ebre fameux, d'un si grand avantage,
Et voy croistre en tous lieux la gloire de ton nom;
Voy, plein d'un noble orgueil, regner sur ton rivage
    Le beau Sang de Bourbon.

Largitur, alto pectore qui refert
Avum , & benignâ fronte Theresiam:
   Ignefque caftigat juventæ
    Infolitâ gravitate morum.

I, fanguinis quò te facra lex vocat,
Philippe, cünctantem : & patriæ finu
   Divulfus ægræ, deftinata
    Aufpiciis pete regna dextris.

I, perge felix : & viduæ anxiam
Spem gentis imple. Te Caroli manus
   Cognata, concordes repofcunt
    Te procerum populique voces.

Portus amicos jam docilis tibi
Expandit ultro Cantaber : arduæ
   Jam prona Pyrenes eunti
    Se tibi fuppofuêre terga.

Hinc menfus Orbem, vix numerabiles
Agnofce terras quæ tibi ferviunt :
   Tuifque demirare Solem
    Affiduum invigilare regnis.

Il a de son Ayeul l'heroïque sagesse,
De Therese il y joint les aimables douceurs;
Et tempere le feu d'une vive jeunesse
    Par le poids de ses mœurs.

Va, grand Prince, où du sang la juste voix t'appelle,
Puisque de ces beaux lieux tu peux bien t'éloigner,
Et va donner au monde un precieux modelle
    Du grand Art de regner.

Haste-toy de remplir les desirs qui t'attendent,
Ces desirs enflammez de vivre sous tes loix;
De cent Peuples divers tous les vœux te demandent
    D'une commune voix.

Desja nous avons veu les fieres Pyrenées,
Qui meprisant la Terre avoisinent les Cieux,
Baisser devant tes pas, soumises, estonnées,
    Leurs fronts audacieux.

De là sur l'Univers que ton œil se promene,
Voy qu'il est en tous lieux peuplé de tes Sujets,
Et que l'Astre du jour sur ton vaste domaine
    Ne se couche jamais.

Audis ut Afræ te dominum canant,
Et fparfæ Eois fluctibus infulæ :
    Ut te loquatur Mundus alter
    Divitibus gravidus metallis :

Ut te falutet Parthenope, & Padus,
Amnefque Belgæ, cum Balearibus,
    Tethifque Sardoa, & Sicanas
    Fonte rigans Arethufa meffes :

Dum Bætis undâ te famulâ colit,
Anafque fupplex : dum tumidam cliens
    Iberus urnam, patriumque
    Sponte Tagus tibi volvit aurum.

Macte, aufpicatâ cui vice contigit
Regenda tellus, ignea fortium
    Nutrix virorum, Martis olim
    Nobile Romulei theatrum.

Hîc tu Sagunti rudera nefciæ
Vinci, & trahentis bella Numantiæ
    Stupebis, everfamque Mundam
    Cæfarei memorem triumphi.

L'aimable Region qui voit naiſtre l'Aurore
Te montre ſes Climats, ſes Iſles & ſes Ports ;
Un nouvel Univers s'éleve , & t'offre encore
    Ses immenſes Treſors.

Voy les Fleuves du Belge & ſa Terre feconde,
L'Eridan , la Sicile , & les prochaines Mers,
Qu'Aretuſe franchit , ſans meſler ſa belle onde
    Avec leurs flots amers.

Les Fleuves du Païs , où tu fais ton entrée,
Viennent te ſaluër couronnez de roſeaux,
Et le Tage appuyé ſur ſon Urne dorée
    Te preſente ſes Eaux.

Pourſuis & redoublant ton ardeur genereuſe,
Va regir ces Climats ſi feconds en Guerriers,
Que prit Rome autrefois pour la Scene pompeuſe
    De ſes actes guerriers.

Tu verras les debris de la fiere Numance
Eſchappez aux fureurs de Bellonne & de Mars,
Et ces murs, dont le fort eſprouva la vaillance
    Du premier des Ceſars.

Tot invidendæ priſtina gloriæ
Exempla læto tunc oculo leges,
    Quæ gnavus, artes dum colebas,
    Auræ avidâ puer adbibiſti.

Hîc & recentes viſere geſtias
Urbes vetuſtis Urbibus æmulas,
    Domumque reginam trophæis
    Stemmatibuſque Ducum ſuperbam.

At dum Philippos & Carolos, tibi
Agnata diſces nomina ſedulus,
    Avi triumphantis ſequacem
    Magna juvet meminiſſe facta,

Moſæque Rhenique attonitis procul
Vulgata ripis : quotque tulit potens
    Virtute DELPHINUS paternâ
    Edomito ſpolia ampla Nicro.

Si laudis urges his ducibus viam,
Palmis Idumen impiger exues :
    Nec metam inexhauſto labori
    Herculeæ ſtatuent columnæ.

Tu croiras voir encor, tant la gloire en est vive,
Passer devant tes yeux ces grands evenemens,
Si souvent escoutez d'une oreille attentive
  Dans tes plus jeunes ans.

Leurs nouvelles Citez n'auront pas moins de charmes,
Et moins ne te plaira ce superbe Palais,
Sejour de leurs Heros, qu'embelissent leurs armes
  Et leurs glorieux faits.

Respecte leurs grands noms qui doivent tousjours vivre,
Dont l'éclat a vaincu les ombres du cercueil :
Mais gardes d'oublier, ny de cesser de suivre
  Les faits de ton Ayeul ;

Faits qui tousjours nouveaux ont rempli de leur gloire
Les rivages fameux de la Loire & du Rhein,
Ainsi que les exploits qu'au temple de Memoire
  A gravez son Dauphin.

Ton cœur, si tu les suis, dans l'ardeur qui te guide
Manquera de Lauriers, manquera de Rivaux ;
Et ne serviront point les colonnes d'Alcide
  De borne à tes travaux.

Nec falſa vates auguror : æquora
Prætervolantem te Libycus leo,
    Te Maura tigris , te repreſſi
    Æthiopes metuent dracones

Mox ipſe vindex numinis acrior,
Lunæ retundes cornua Thraciæ :
    Lateque ſerpentem paludes
    Per Scythicas reſecabis hydram :

Mox templa Divûm barbara dirues :
Plagaſque Chriſti nomen in ultimas
    Gaudebis extendiſſe, avitæ
    Magnanimus pietatis hæres,

FRANCISCUS BOUTARD.

Oüy : le Tigre Afriquain, le Lion de Lybie
Trembleront en voyant tes Vaiffeaux fur leurs Mers,
Et trembleront encor de l'ardente Arabie
Les Dragons les plus fiers.

De la gloire du Ciel vengeur inexorable,
Tu domteras l'orgueil du perfide Croiffant,
Et cette Hydre du Nord au venin redoutable,
Et tousjours renaiffant.

Delà, ton bras vainqueur par un pieux ravage
Abbatra tout Autel aux faux Dieux élevé ;
Et le vafte Univers ne rendra plus d'hommage
Qu'au Dieu qui l'a fauvé.

PERRAULT, de l'Academie Françoife.

EXTRAIT DU PRIVILEGE DU ROY.

PAR Grace & Privilege de Sa Majesté, donné à Versailles le 2. Juillet 1693. signé, BOUCHER, il est permis à JEAN-BAPTISTE COIGNARD, Imprimeur & Libraire ordinaire du Roy, & de l'Académie Françoise à Paris, d'imprimer, vendre & debiter, *Tous les Discours prononcez par Messieurs de l'Académie Françoise dans leurs Receptions & dans d'autres occasions differentes, &c.* pendant le temps de VINGT ANNE ES : avec défenses à tous autres de contrefaire lesdits Discours sur les peines portées à l'original dudit Privilege.

Registré sur le Livre de la Communauté des Imprimeurs & Libraires de Paris, le 6. Juillet 1693. Signé, P. AUBOUYN, *Syndic.*

www.ingramcontent.com/pod-product-compliance
Lightning Source LLC
Chambersburg PA
CBHW061522170626
46811CB00004B/1807